P9-CQL-360

WITHDRAWN

WITHDRAWN

Escrito por Norma Vantrease
Ilustrado por Steve Cox

Children's Press®
Una división de Scholastic Inc.
Nueva York • Toronto • Londres • Auckland • Sydney
Ciudad de México • Nueva Delhi • Hong Kong
Danbury, Connecticut

Este libro está dedicado a Richard y Ryan, los dos admiradores más grandes que tengo.
—N.V.

A mis hijos, Genevieve y Joe
—S.C.

Consultores de la lectura

Linda Cornwell
Especialista en lectura

Katharine A. Kane
Consultora de educación
(Jubilada, Oficina de Educación del Condado de San Diego y Universidad Estatal de San Diego)

Información de Publicación de la Biblioteca del Congreso de los EE. UU.

Vantrease, Norma.
   [Ants in my pants. Spanish]
   Hormiga en mis pantalones / escrito por Norma Vantrease; ilustrado por Steve Cox.
     p. cm. — (A Rookie reader español)
   Summary: A girl watches as ants invade her home and her favorite pair of pants.
   ISBN-10: 0-516-25254-2 (lib. bdg.)   0-516-26845-7 (pbk.)
   ISBN-13: 978-0-516-25254-4 (lib. bdg.)   978-0-516-26845-3 (pbk.)
   [1. Ants—Fiction. 2. Pants—Fiction. 3. Stories in rhyme. 4. Spanish language materials.]
   I. Cox, Steve, 1961– ill. II. Title. III. Series.
   PZ74.3.V33   2006
   [E]—dc22   2005028289

© 2007 Scholastic Inc.
Ilustraciones © 2004 por Steve Cox
Todos los derechos reservados. Publicado simultáneamente en Canadá.
Impreso en México.
Publicado originalmente en inglés por Children's Press, en 2004.

CHILDREN'S PRESS y A ROOKIE READER®, y los logos asociados son marcas
comerciales y/o marcas comerciales registradas de Scholastic Library Publishing.
SCHOLASTIC y los logos asociados son marcas comerciales y/o marcas comerciales
registradas de Scholastic Inc.
1 2 3 4 5 6 7 8 9 10 R 16 15 14 13 12 11 10 09 08 07

Las hormigas entran a la casa.
Se arrastran por el comedor.

Caminan sobre la alfombra.
Van de puntillas por el corredor.

Buscan la cocina.
¿Querrán pan y mermelada?

Entran en mi cuarto,
donde yo estoy acostada.

Las veo hacer una rueda.

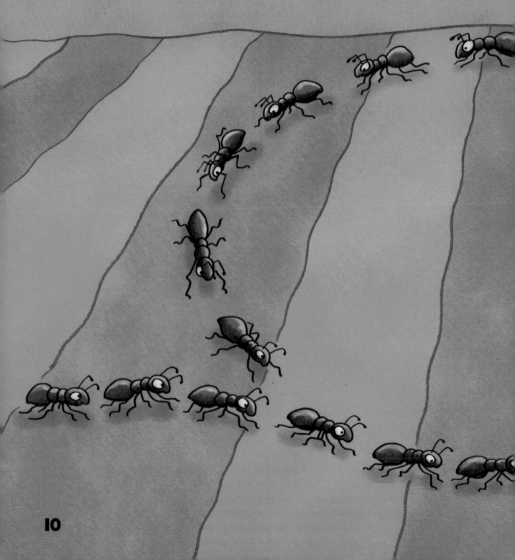

Hay veinte, tal vez más.

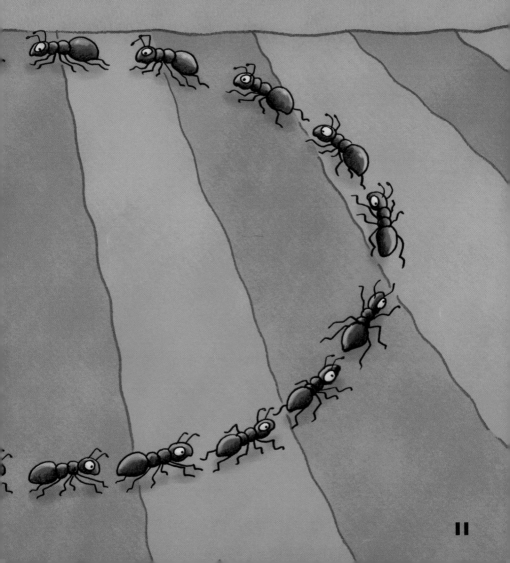

Primero cuchichean.

¿Qué es lo que buscarán?

Entran a mi armario.
Por mis pantalones trepan.

Por encima. Por debajo.
Por adentro y por afuera.

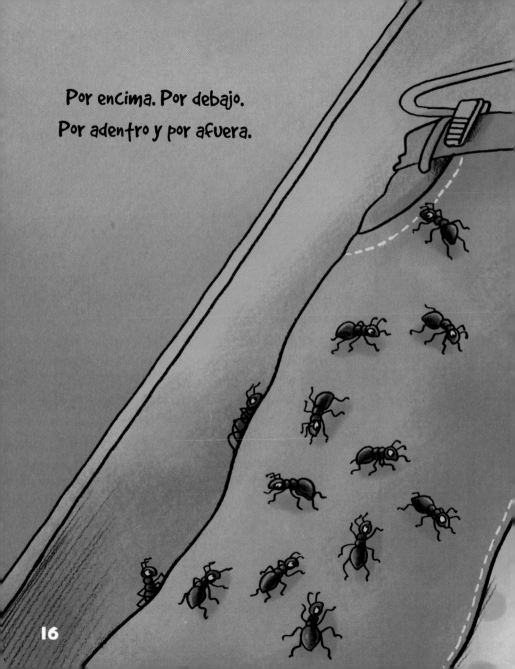

Hay migas en los bolsillos.
Más abajo, hay mermelada.

Mastican y mastican.
Tragan y tragan.
Y no me dejan nada.

Están llenas y cansadas.
Se quedaron dormidas.

Me acerco de puntillas.
¡Ya verán qúeé sacudida!

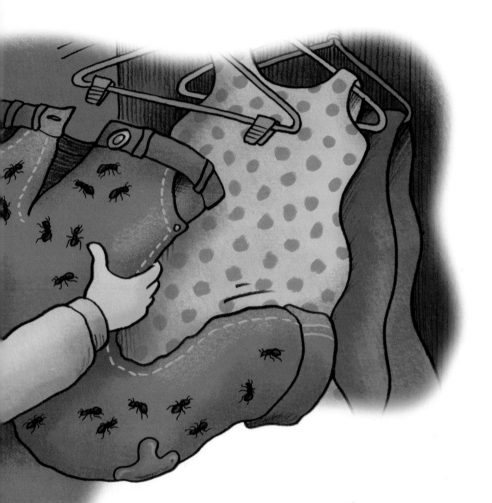

Agarro mi pantalón
Lo llevo hasta el patio.

Sacudo las hormigas.

Y de todas me deshago.

🐜 Lista de palabras (82 palabras)

a	comedor	hacer	nada	sobre 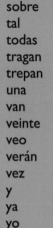
abajo	corredor	hasta	no	tal
acerco	cuarto	hay	pan	todas
acostada	cuchichean	hormigas	pantalón	tragan
adentro	de	la	pantalones	trepan
afuera	debajo	las	patio	una
agarro	dejan	llenas	por	van
alfombra	deshago	llevo	primero	veinte
armario	donde	lo	puntillas	veo
arrastran	dormidas	los	que	verán
bolsillos	el	más	qué	vez
buscan	en	mastican	quedaron	y
buscarán	encima	me	querrán	ya
caminan	entran	mermelada	rueda	yo
cansadas	es	mi	sacudida	
casa	están	migas	sacudo	
cocina	estoy	mis	se	

Acerca del autor

Aunque *Hormigas en mis pantalones* es el primer libro de Norma Vantrease con Children's Press, ella ha creado cuentos para niños durante muchos años, primero como maestra y ahora como escritora. Su trabajo ha aparecido en revistas para niños. Cuando no está escribiendo e ilustrando, Norma imparte clases de arte a los niños. Vive en el centro de la Florida con su esposo Richard y su gata Minnie.

Acerca del ilustrador

Steve Cox vive y trabaja en Bristol, una ciudad de Inglaterra. Desde niño, siempre ha disfrutado dibujar e inventar personajes, de modo que ahora se siente afortunado de poder hacerlo casi todos los días para ganarse la vida. Disfruta creando imágenes que complementan cada línea del cuento, e inyectándole un poquito de su propio humor, siempre que sea posible.